Copyright © Mundinho Animal, 2010 por Arnaldo Branco
Texto Editores, Ltda. - Todos os direitos reservados e protegidos
pela Lei 9.610, de 19.2.1998. É proibida a reprodução total
ou parcial sem a expressa anuência da editora.

COORDENAÇÃO EDITORIAL
Barba Negra

CAPA E PROJETO GRÁFICO
Retina78

FOTOGRAFIA
Leandro Pagliaro

ASSISTÊNCIA EDITORIAL
Suria Scapin

IMPRESSÃO
Gráfica Santa Marta

Dados internacionais de catalogação na publicação (CIP-Brasil)
Ficha catalográfica elaborada por Oficina Miríade, RJ, Brasil.

B816   Branco, Arnaldo, 1972-
            Mundinho animal / Arnaldo Branco. – São Paulo : Leya, 2010.
            128 p. : il. color. – (Sorria, você está lendo um livro)

            ISBN 978-85-62936-49-4.

            1. História em quadrinhos. I. Título.

10-0026   CDD 741.5

TEXTO EDITORES LTDA. - uma editora do grupo Leya
Av. Angélica, 2163, conjunto 175
01227-200 - Santa Cecília - São Paulo - SP - Brasil
www.leya.com.br

BARBA NEGRA

LEYA CULT

MUNDINHO ANIMAL
ARNALDO BRANCO

O Arnaldo me faz rir. Quem assiste comédias românticas sabe que essa característica num homem o torna um parceiro irresistível. E esse seria o momento em que eu largaria o computador e sairia correndo pelas ruas de uma cidade grande tipica, em Manhattan ou no Leblon, só pra encontrar o Arnaldo embarcando para aquele mestrado na Holanda ou coisa parecida. Felizmente isso não é uma comédia romântica e infelizmente ele não é a Mariel Hemingway. De qualquer maneira, estou satisfeito no que diz respeito a meu relacionamento com o Arnaldo: leio ele na *web* ou

impresso e o acaso permite que às vezes estejamos na mesma cidade pra compartilhar uma cerveja. Poderíamos nos encontrar com mais frequência, mas do jeito que está já é bom. Também não estou tendo uma epifania nesse exato momento. Sempre que vejo algum desenho do Arnaldo, e faz tempo que vejo desenhos do Arnaldo, me vem essa surpresa: o Arnaldo me faz rir.
Parece uma afirmação banal, mas o fato é que não rio tanto. Poderia tentar melhorar e dizer que o Arnaldo é o único que me faz rir, mas isso também não é muito preciso (mesmo que muitas vezes eu tenha essa sensação exata) e pode me trazer alguns problemas já que eu tenho vários amigos cartunistas que podem ficar melindrados. A afirmação não é precisa porque não é verdade, claro, muita gente me faz rir, sejam cartunistas ou não, voluntariamente ou não. O caso é que existem muitas maneiras de se apreciar uma tira ou cartum, assim como existem muitas maneiras de rir. Não é necessário que um cartum te faça rir desesperadamente, basta uma pequena cosquinha no cérebro para um determinado desenho ir para nossa antologia pessoal, assim

como há várias gargalhadas que passam sem registro. Não há um sismógrafo de humor que classifique os humoristas. O que acontece com o Arnaldo é que ele parece que faz aquela piada primordial, aquele tipo de piada que surgiu quando um dia inventaram a piada: uma apreensão sintética do absurdo em que estamos metidos, feita de uma maneira tão engenhosa que não nos deixa escapar. Quando isso acontece, eu rio.
Talvez o humor primordial não seja bem esse que eu descrevi acima. É possível que a primeira piada seja aquela que surgiu pra destruir seu vizinho, o chefe da tribo, o gordo careca ou sua sogra. Essa elucubração sobre o absurdo da existência deve ser coisa dos gregos; em volta da fogueira nas cavernas o assunto devia ser mais baixo. De qualquer maneira, o Arnaldo é bom nesse humor também. Aliás, o alvo do humor e mau humor do Arnaldo é todo mundo, não escapa ninguém, nem ele mesmo. O absurdo somos nós e ele se diverte em ficar demonstrando isso de várias maneiras. É triste, ele é cruel. E isso me faz rir, mesmo.
E o Arnaldo me fez rir de novo quando me chamou

pra escrever umas linhas para esse livro. Primeiro, porque, escrevendo uma introdução, eu tenho direito a ganhar uma cópia. Depois, porque ele mandou a Mundinho Animal para um concurso da *Folha de São Paulo* em que eu também mandei uma tira que acabou sendo publicada lá, o que me deixa um pouco envergonhado. Eu sempre repito a ele que o jornal deve ter se arrependido disso. Enquanto minha tira fazia o público cair em depressão com um personagem que em seus dias felizes tinha a disposição de um Charlie Brown, o Arnaldo faria os leitores chorarem de rir ou de ódio e estaria publicando lá até hoje. Acho essa situação irônica e engraçada mas quando digo isso ao Arnaldo ele nem ri. Não sou bom nessa coisa de fazer rir. O que me lembra o quanto invejo seu humor a sangue frio que aponta para nosso mundinho brasileiro e me lembra, conhecendo o Arnaldo, que não é só isso nele que é invejável. O que reforça uma vantagem no fato de morarmos em cidades afastadas: eu poderia tentar esgoelar o desgraçado num momento de distração.

Fabio Zimbres

QUADRINISTA.

MUNDINHO ANIMAL
ARNALdO BRANCO
"VOCÊ SE VENDEU!!!"
QUEM SÃO ESSES COMENTARISTAS DE INTERNET QUE NUNCA SE VENDEM?
POSSIBILIDADE 1
VENHA, É A SUA VEZ DE PLANTAR O RABANETE!
LUTA
DEIXA SÓ EU POSTAR UM COMENTÁRIO AQUI NO PC COMUNITÁRIO
TEC TEC
POSSIBILIDADE 2
A FUSÃO COM A IBM PODE ESPERAR, AQUELE CARTUNISTAZINHO SE VENDEU!
TEC TEC

PRÓXIMA >>

NADA COMO UMA BIENAL PARA POSSIBILITAR O ENCONTRO DO ESCRITOR COM SEUS LEITORES!
AUTOR
MESA
ADOREI UM TEXTO SEU QUE RECEBI POR EMAIL, "APRENDENDO A AMAR", FALE SOBRE ELE
AUTOR
MESA
NÃO É A TOA QUE O SUICÍDIO É UM SUCESSO NESSE MEIO...
BOM TEMA. PASSO A PALAVRA...
AUTOR
MESA
BEM, AÍ ESTÁ O PAGAMENTO PELO ALUGUEL DA BOCA... QUERO DIZER, LOCAÇÃO!
OBRIGADO, SEU PRODUÇA! TOMARA QUE TU RECUPERA O PREJU NA BILHETERIA!
OH, NÃO SE PREOCUPE. AS LEIS DE INCENTIVO COBREM OS CUSTOS E O QUE VIER DA BILHETERIA É BÔNUS.
A GENTE NÃO SABE GANHAR DINHEIRO, JOÍLTON.

CONSULTORIA DE MODA

— Se você for pobre, a dica é: não invente

— Quanto mais elementos baratos você acrescentar ao seu visual, mais vai dar na pinta sua condição financeira

DOURADO
MIKE
TATOOS DE CADEIA
16 BOLSOS
CAP

— Semana que vem, alternativas para gordas: coisas que você pode fazer sem ter que sair na rua

— Esse projeto tem o objetivo de tornar Machado de Assis mais palatável para a nova geração

— A publicação da série "Machado sem as proparoxítonas" vai estimular a leitura dos clássicos pela simplificação da linguagem!

— Não estamos esquecendo a capacidade de assimilação dos jovens?

— Tem razão. Vamos mudar esse nome, ninguém mais sabe o que é uma proparoxítona...

PRÓXIMA >>

MUNDINHO ANIMAL
ARNALDO BRANCO

ARTISTAS, SALVO-CONDUTO

1) JURÍDICO

— ABAIXO-ASSINADO CONTRA A PRISÃO DO POLANSKI?
— AQUELA GAROTINHA, NÃO SEI NÃO

2) POLÍTICO

— O CAETANO DECLAROU VOTO NA MARINA SILVA
— QUEM ESCREVEU MESMO AQUELA MÚSICA QUE DIZ QUE QUEM É CONTRA A LEGALIZAÇÃO DO ABORTO TEM PENSAMENTO TORTO?

3) ARTÍSTICO

— MEU, QUE DISCO É ESSE DO U2?
— QUEM FEZ 'JOSHUA TREE' NÃO PRECISA FAZER MAIS NADA

MUNDINHO ANIMAL
ARNALDO BRANCO

AGORA TUDO É DE GRAÇA

— TENHO 16.425 DISCOS BAIXADOS. QUANTOS VOCÊ OUVIU?
— SEI LÁ, VOCÊ ACHA QUE EU SOU ALGUM MANÍACO POR ORGANIZAÇÃO?

BEM, NEM TUDO

— INVESTI TODO MEU DINHEIRO EM UM INGRESSO PRO SHOW DA MADONNA
— ESTOU SEGURANDO O DO UZ PARA VENDER NA ALTA

GRAÇAS A DEUS PELA CENA ALTERNATIVA, NÃO É?

— MAIS UM SHOW DA BANDA DOS MEUS AMIGOS A CINCO PAUS, QUE LEGAL...
— TÁ CARO, TEM LISTA VIP?

PRÓXIMA >>

MUNDINHO ANIMAL
ARNALDO BRANCO
AGORA TEREMOS TEATRO A PREÇOS POPULARES!
ZÉ CELSO CONTA IONESCO
R$ 2,00
ACHO QUE SÓ OS PRE- ÇOS SÃO POPULARES...

<< ANTERIOR

MUNDINHO ANIMAL
ARNALDO BRANCO

POR QUE UM ROTEIRISTA VIRA DIRETOR?
— GANHAR PRÊMIOS, ROUBAR CRÉDITOS, FICAR COM AS MULHERES!
— RESSENTIDO

POR QUE UM ATOR VIRA DIRETOR?
— ACHO QUE ESTÁ NA HORA DE FILMAR AS RUGAS DE OUTRA PESSOA

POR QUE ALGUÉM VIRA DIRETOR?
— SEU FILHO É UM MANÍACO POR CONTROLE. E O TRATAMENTO? É CARO.

PRÓXIMA >>

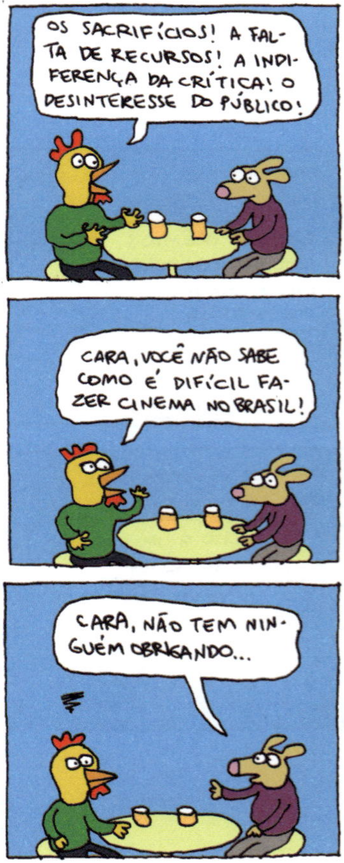

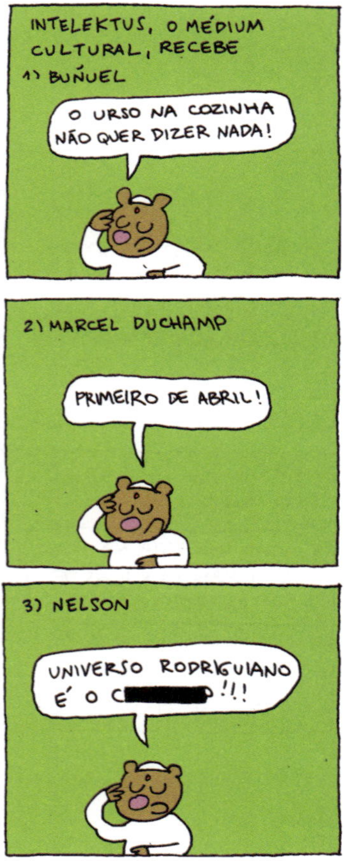

PROFISSÕES SUPERESTIMADAS NO BRASIL
A) NOVELISTA

— MINHA NOVELA É SOBRE DOIS JOVENS APAIXONADOS DE FAMÍLIAS RIVAIS.

(pensamento) AUTOR DE NOVELA, CONTRADIÇÃO EM TERMOS.

— BEM VINDOS AO BATALHA DE EGOS! HOJE, CINEASTAS X MÚSICOS!

MÚSICOS | CINEASTAS

B) CARNAVALESCO

— ...E O ABRE-ALAS SE CHAMA NABUCODONOSOR NA BELLE ÉPOQUE DA IDADE MÉDIA!

— NÃO É MUITA LICENÇA POÉTICA?

— AH, ESSAS BUROCRACIAS EU DEIXO COM A DIRETORIA...

— OS CINEASTAS MANDARAM DIZER QUE SÃO BONS DEMAIS PARA ESSE PROGRAMA ESTÚPIDO!

MÚSICOS | CINEASTAS

C) PUBLICITÁRIO

— MEU ÍDOLO É O WASHINGTON OLIVETTO, QUE INVENTOU O CONCEITO DO PRIMEIRO SUTIÃ...

(pensamento) IMPERATIVO CATEGÓRICO DE KANT - ETERNO RETORNO DE NIETZSCHE - PRIMEIRO SUTIÃ DE OLIVETTO...

— ENTÃO ATÉ A SEMANA QUE VEM COM CINEASTAS X DRAMATURGOS!

MÚSICOS | CINEASTAS

PRÓXIMA >>

MUNDINHO ANIMAL
ARNALDO BRANCO

— OLHA ESSE PLANO! CARA, ESSE DIRETOR É CONTEMPLATIVO!

— É COMO SE ELE TIVESSE ESQUECIDO A CÂMERA LIGADA
— GENIAL

FESTIVAL BODANSKI

— O QUE EU TENHO, DOUTOR?
— SÍNDROME DE DÉFICIT DE ATENÇÃO

MUNDINHO ANIMAL
ARNALDO BRANCO

O QUINTO PODER.
1) EMINÊNCIA PARDA DO ORKUT

"HOJE MODERADOR DE COMUNIDADES, AMANHÃ O ITAMARATY"

2) COMENTARISTA DE BLOG, PHD

"PRESTO UM SERVIÇO À COMUNIDADE MANTENDO O EGO DESSE CARA SOB CONTROLE"

"VOCÊ JÁ FOI MELHOR!"

TEC TEC

3) MESTRE DE LISTA DE DISCUSSÃO

"NENHUM DADO CONCRETO VENCE MINHA PACIÊNCIA"

REI DA TRÉPLICA

PRÓXIMA >>

MUNDINHO ANIMAL
ARNALDO BRANCO
FESTIVAL DO MONÓLOGO
DEUS VAI VOLTAR E FRITAR O BACON DA MALDADE E EU VOU RIR MUITO PORQUE AVISEI QUE A CULPA É DA INTERNET
FESTIVAL DO MONÓLOGO
O DISCURSO FRAGMENTADO!
GENIAL!
SENSACIONAL O FIGURINO!
MENDIGO BÊBADO MATA ATOR E INVADE PALCO

<< ANTERIOR

MUNDINHO ANIMAL
ARNALDO BRANCO
POLÍTICA E ARTE
-DEMAGOGIA
TODO ARTISTA TEM QUE IR AONDE O POVO ESTÁ...
EXPENSIVE HALL
HOJE AO VIVO
APENAS P/ CONVIDADOS
-NEPOTISMO
O NOME DO SEU PAI AJUDOU NA SUA CARREIRA?
NAH, ACHO QUE FORAM MAIS O DINHEIRO E A INFLUÊNCIA MESMO...
-FISIOLOGISMO
ACHEI SEU ÚLTIMO FILME MUITO BOM!
ENQUANTO EXEMPLO DA SUA MEDIOCRIDADE
COMPREI O DVD DO SEU!
PRA DAR PRA MINHA SOGRA

PRÓXIMA >>

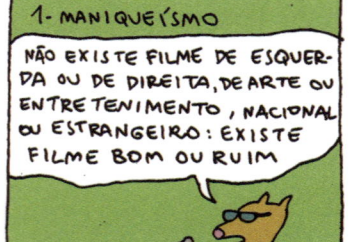

— Cortaram três quadros do programa. O patrocinador não gostou!

— Tivemos que reescrever dez piadas que o diretor da emissora não entendeu!
— Também não tem dinheiro pra locação.

— E tem gente que acha uma droga assistir televisão...

1 - MANIQUEÍSMO

Não existe filme de esquerda ou de direita, de arte ou entretenimento, nacional ou estrangeiro: existe filme bom ou ruim.

— Seu filme foi um fracasso de público e de crítica. Ele é ruim?

2 - RELATIVIZAÇÃO

— Não, peraí, veja bem, por um lado sim, por outro não e...

MORRE O INFLUENTE ESTILISTA FRÉDERIC DA CUL

A BANALIZAÇÃO DA MISANTROPIA

"MEUS COLEGAS DE TRABALHO SÃO TODOS IMBECIS. SE NÃO FOSSE UMA PESSOA DO BEM MATAVA TODO MUNDO"

"A HERANÇA DE DA CUL SERÁ SUA INVENÇÃO IMORTAL, A BLUSINHA DE TRÊS BOTÕES COM LAÇO INVERTIDO"

LUTO — GISELE CHORA E VOMITA

MORRE O INFLUENTE ESTILISTA FRÉDERIC DA CUL

"VIM NO METRÔ OUVINDO STROKES NO IPOD E OLHANDO A CARA DE DÉBIL DOS OUTROS PASSAGEIROS. NÃO SOU PRECONCEITUOSA, MAS APOSTO QUE TUDO OUVE AXÉ"

DE REPENTE NÃO ME SINTO TÃO MAL POR TER SIDO CONTADOR...

HOJE EM DIA QUALQUER IDIOTA ODEIA A HUMANIDADE.

MUNDINHO ANIMAL
ARNALDO BRANCO

E AQUI, A PÉROLA DA EXPOSIÇÃO, MINHA SÉRIE BASEADA NA TRAGÉDIA DO MENINO JOÃO HÉLIO, ARRASTADO EM AGONIA PELAS RUAS DO RIO!

UMA SEMANA DEPOIS.

ELES NÃO ENTENDERAM, JARBAS

BRAVO! PEGOU MAL
EXPOSIÇÃO NADA A VER

É UMA FINA LINHA ENTRE A PICARETAGEM ACEITÁVEL E A APELAÇÃO TOTAL, SENHOR

MUNDINHO ANIMAL
ARNALDO BRANCO

MÚSICOS QUE NÃO CONHECEM MÚSICA

— ESSA MÚSICA DE VOCÊS LEMBRA MUITO UMA DO VELVET UNDERGROUND
— ESPERO QUE ESSES CARAS TENHAM UM BOM ADVOGADO

ESCRITORES QUE NÃO CONHECEM LITERATURA

— VOCÊ CURTE SALINGER?
— É SALINGER.BLOGSPOT.COM?

CINEASTAS QUE NÃO CONHECEM CINEMA

— QUEM ANTES DE MIM FILMOU AÇÕES PARALELAS PARA CAUSAR SUSPENSE?
— GRIFFITH?
— SAÚDE!

INTELEKTUS, O MÉDIUM CULTURAL, RECEBE:
1) PAULO FRANCIS
NÃO ME ODEIEM POR CAUSA DOS MEUS IMITADORES RUINS!
2) BUKOWSKI
IDEM!
3) CLARICE LISPECTOR
IBIDEM!

REALITY SHOW
GRAVANDO!
AMOR, PRECISO CONFESSAR QUE TENHO UM CASO COM SEU IRMÃO
É, PAI, E QUERIA DIZER QUE SOU VICI-ADA EM HEROÍNA
E QUE EU E A CLÁUDIA LIMPA-MOS A SUA CON-TA, MANO!
EI, NÃO ERA ISSO QUE EU TINHA ENTENDIDO DESSE PROGRAMA... PELO MENOS GANHO ALGUMA COISA?
BEM... GONOR-RÉIA

<< ANTERIOR

EXPO
EXPO
EXPO
SÓ SAIO QUANDO ESSE PSEUDO SAIR
ELE ACHA QUE É MAIS SENSÍVEL DO QUE EU... POSSO FICAR AQUI O DIA TODO
ESTE ANO O BRASIL FATUROU 483 LEÕES DE OURO EM CANNES
É A NOSSA PUBLICIDADE! UMA DAS MELHORES DO MUNDO!
BRASIL LÁ LÁ LÁ
QUE FALTA NÃO FAZ UMA INDÚSTRIA CINEMATOGRÁFICA DE VERDADE...

PRÓXIMA >>

A VANTAGEM DE SER UM ARTISTA NEGRO

CAUCASIANO, 50 ANOS
- PARÓDIA DE SI MESMO
- SE REPETE

NEGRO, 70 ANOS
- TRADIÇÃO!
- AUTÊNTICO
- É COMO O VINHO
- WOKE UP THIS MORNING
- TEM 20 MÚSICAS QUE COMEÇAM ASSIM

MUNDINHO ANIMAL
ARNALDO BRANCO

ART IMPOPULAR

Só porque ninguém vai assistir não significa que o teatro seja uma arte morta

---

Minha galera é a rua, cara...

E sua casa também...

R$ 5,00

Se você comprar a minha poesia prometo não recitar

ARTISTA E MERCADO, PROGRAMA DOS 3 PASSOS:

1) NEGAÇÃO

"EU NÃO FAÇO ENTRETENIMENTO, EU FAÇO ARTE." — BRECHT

"O POETA SE LEVANTA E PARTE. O DIA É A AVENTURA DO POETA!"

2) NEGOCIAÇÃO

"ENTENDER O QUE O PÚBLICO QUER É UMA ARTE." — HULK

"O POETA COMEÇA O SEU OFÍCIO, O NOBRE OFÍCIO DO POETA!!"

3) ACEITAÇÃO

"'PROJETO PESSOAL' É CARRO DO ANO." — BBB

— POR QUE O POETA SÓ FALA NA TERCEIRA PESSOA?
— O POETA NÃO ESTÁ GOSTANDO DESSA CONVERSA...
— INSENSÍVEL

DIZEM QUE SE VOCÊ LEMBRA DOS ANOS 60, VOCÊ NÃO ESTEVE REALMENTE LÁ. QUE FILME HORRÍVEL!	**INDENIZAÇÕES** GUICHÊ FUI PERSEGUIDO PELO DOI-CODI DEFERIDO!
É TOSCO, METIDO A EXPERIMENTAL, É PRETENSAMENTE DESAFIADOR, É MAL-EDITADO, É...	FUI PERSEGUIDO PELO DOPS DEFERIDO!
OU PREFERIA NÃO TER ESTADO. ...MEU!	FUI PERSEGUIDO PELO SPC...

MUNDINHO ANIMAL
ARNALDO BRANCO
CRÍTICA, MODUS OPERANDI
POLEMISTA DE DIREITA?
SUB-PAULO FRANCIS!
OLHE
CINEASTA NORDESTINO?
SUB-GLAUBER ROCHA!
E POR AÍ VAI!!
SUBNELSON!
SUB GRACILIANO
SUB CAETANO!

« ANTERIOR

MUNDINHO ANIMAL
ARNALDO BRANCO
VOCÊ ACEITARIA UM CONVITE PARA DIRIGIR UM FILME EM HOLLYWOOD?
SÓ SE FOSSE PARA COMBATER O SISTEMA DE DENTRO!
ROXY
007 CONTRA DIOGO MAINARDI

PRÓXIMA >>

ELES NÃO SE ENTREGAM
ESSE APARELHO MEDE O IMPACTO DE UMA OBRA DE ARTE NO FUTURO.
VAMOS TESTAR COM O MEU LIVRO!
SILÊNCIO MORTAL
AÍ, TEU BREGUETE AÍ TÁ QUEBRADO.

RAND SETTER, CAÇADOR DE TENDÊNCIAS
PARABÉNS! SEU BLOG FOI ESCOLHI-DO O MAIS COOL DA INTERNET
JURA? QUE MÁXIMO!!! VOU CONTAR PARA TODOS OS MEUS AMIGOS!
NA VERDADE ERA UM TESTE. ESSA SUA REAÇÃO NÃO FOI NADA COOL, VOCÊ ESTÁ DESCLASSIFICADO
RAND SETTER NÃO BRINCA EM SERVIÇO!
BLOGUEIROS COOL = 0

"ESTUDO PARA UMA ABSTRAÇÃO"

POR QUE UMA ABSTRAÇÃO PRECISA DE ESTUDO?

PRA PARECER QUE PRECISA...

O ESCRITOR MALDITO

PREZADO SR. ESTAMOS DEVOLVENDO SE ORIGINAL. NO MOMENTO NÃO ESTAMOS EM PUBLICA...

RECUSADO

NO MOMENTO NÃO ESTAMOS PUBLICANDO...

PARECE MACUMBA.

INFELIZMENTE, ETC ETC

MUNDINHO ANIMAL
ARNALDO BRANCO

TODA VEZ QUE UMA BLOGUEIRA CONFESSIONAL ESCREVE UM LIVRO...

EU E O RESTO

DEUS MATA UM GATINHO.

E O CICLO RECOMEÇA.

HOJE DYLAN MORREU.

TEC TEC

MUNDINHO ANIMAL
ARNALDO BRANCO
RETIRO DOS ARTISTAS.
APOSENTADORIA COMPULSÓRIA.
EMC
MANICÔMIO DOS ARTISTAS.
ESSA PACIENTE ACHA QUE É A BRITNEY SPEARS
É QUE ELA É HIPOCONDRÍACA
CASA DE DETENÇÃO DOS ARTISTAS.
QUAL FOI O SEU CRIME?
UMA COVER DE BOB DYLAN

MUNDINHO ANIMAL
ARNALDO BRANCO

FRACASSO, SINTOMAS
a) paranóia

MOSTRA 'NOVOS PICARETAS' ENCHE GALERIAS

— TUDO PANELA

b) megalomania

"O PIOR FILME BRASILEIRO É MELHOR QUE O MELHOR FILME ESTRANGEIRO"*

BILHETERIA

*- PAULO EMILIO SALLES GOMES

c) delírios

— É QUE A GRAVADORA NÃO TRABALHOU BEM O DISCO

MUNDINHO ANIMAL
ARNALDO BRANCO

O ZÉ DAS COUVES ESTÁ LANÇANDO SEU SEGUNDO FILME

OH, NÃO! ELE VAI VIRAR ADJETIVO!

...ANALISANDO A OBRA ZEDASCOUVIANA...

DEBATE CINEMA

PRÓXIMA >>

MUNDINHO ANIMAL
ARNALDO BRANCO
PROJETO PRÓ-LER
PRECISAMOS CRIAR O HÁBITO DA LEITURA ENTRE OS JOVENS!
SIM! SÓ COM O MELHOR DA LITERATURA BRASILEIRA!
VAMOS COMEÇAR POR UM TÍTULO QUE É BEM REPRESENTATIVO DO PROJETO!
A EDUCAÇÃO PELA PEDRA
J. CABRAL DE MELO NETO

MUNDINHO ANIMAL — ARNALDO BRANCO

HUMORISTAS DE TWITTER FACTS

1) PLÁGIO

— OBRIGADO TRADUTOR DO GOOGLE!

2) INCONSCIENTE COLETIVO

— PUTZ, TODO MUNDO JÁ PENSOU NESSA PIADA
— ENTÃO VAI BOMBAR!

TEC TEC

3) OBJETIVIDADE

— PAPAI MORREU, QUE COMENTÁRIO ESPIRITUOSO POSSO TIRAR DISSO?

PRÓXIMA >>

MUNDINHO ANIMAL
ARNALDO BRANCO

VOCÊ CONHECE O TIPO (II)

1) QUANDO COMEÇA A PERDER UMA DISCUSSÃO, ACUSA SEU OPONENTE DE SER MAIS INTELIGENTE

> P-E-D-A-N-T-E...

2) CONFUNDE SEU GOSTO PESSOAL COM A SUA PERSONALIDADE

> DETESTO WEEZER

> É MINHA BANDA FAVORITA, SEU CANALHA!

3) ACHA TUDO UMA PORCARIA, MAS QUANDO SE ARRISCA A PRODUZIR ALGUMA COISA...

> CIDADÃO KANE 2?

> SIM, O NETO DELE RESOLVE REERGUER O IMPÉRIO NA INTERNET E...

MUNDINHO ANIMAL
ARNALDO BRANCO

UMA MENSAGEM DA INDÚSTRIA PIRATA

HOJE O PAPAI SUGERIU LÁ NA EMPRESA BOTAR UM ANÚNCIO EM CADA DVD MOSTRANDO QUE COMPRAR DVD PIRATA É DAR DINHEIRO PRO CRIME ORGANIZADO! PAPAI É ESPERTO!

QUER DIZER QUE AGORA TODO MUNDO QUE COMPRAR UM DVD OFICIAL VAI SER OBRIGADO A OUVIR UM SERMÃO QUE É NA VERDADE PRA OUTRAS PESSOAS? PAI, VOCÊ É UM IMBECIL, ASSIM SÓ TOMANDO DROGAS

BURRICE DEVIA SER CRIME. DENUNCIE

INDÚSTRIA DA PIRATARIA É NÓIS

AFINAL, VOCÊ ESTÁ APAIXONADA PELO ARTISTA OU PELO HOMEM?
AHN... ACHO QUE É MEIO CEDO PRA FALAR EM COMPROMISSO

BOITE HELL'S
VOCÊ NÃO!
BOITE HELL'S
POR QUÊ?
NÃO PODE ENTRAR SEM CARÃO!
BOITE HELL'S

O SOM DA FICHA CAINDO

— VOCÊ É ARTISTA POR INFLUÊNCIA DO SEU PAI?
— CLARO! ELE SEMPRE FOI MINHA INSPIRAÇÃO E...

— PERAÍ, "INFLUÊNCIA" EM QUE SENTIDO?

— VOTE PARA TIRAR SEU CANDIDATO FAVORITO DA CADEIA DOS FAMOSOS
CLIC

— ENTÃO O MÉDICO APLICOU O SILICONE NO CORAÇÃO POR ENGANO
— ISSO, LUCIANA
CLIC

— GOSTARIA DE MORAR EM UM PAÍS EM QUE O TRASH FOSSE SÓ UM SUBGÊNERO
— RONALDO!

PRÓXIMA >>

MUNDINHO ANIMAL
ARNALDO BRANCO
COMO FAZER CARREIRA EM CULTURA
QUEM FAZ 100 ANOS ESTE ANO?
A MORTE DE MACHADO!
PÕE UM PROJETO NO MINC
FARROUPILHA OU INCONFIDÊNCIA MINEIRA?
NÃO, NORDESTE É O QUENTE... CANUDOS OU PRAIEIRA!
QUE PERSONAGEM FOLCLÓRICO AINDA NÃO GANHOU FILME?
O NEGRINHO DO PASTOREIO?
HUM, LÁZARO RAMOS...

<< ANTERIOR

MUNDINHO ANIMAL
ARNALDO BRANCO
TEATRO DO OPRIMIDO
VOU FAZER LABORATÓRIO PARA VIVER UM RETI-RANTE MISERÁVEL
ESTÉTICA DA FOME
MEU SUBNUTRICIONISTA JÁ ME PASSOU UMA DIETA!
O MÉTODO AUSCHWITZ
TEORIA DA EVOLUÇÃO
E O TROFÉU DARWIN DE MORTE ESTÚPIDA DO ANO VAI PARA...
BRAD SPIT
1978 - 2008

PRÓXIMA >>

QUAL É A DIFERENÇA?

ENTRE UMA MINA A FIM DE UM CARA QUE NÃO ESTÁ NEM AÍ

SERÁ QUE TEM ESPAÇO DE MEMÓRIA NA SECRETÁRIA DELE PRA MAIS UM RECADO?

E UMA BANDA PASSANDO PELO TESTE DO SEGUNDO DISCO?

A GRAVADORA DEIXOU A GENTE ESCOLHER A COR DA CAPA!

R: A MINA TEM MAIS DIGNIDADE.

MUNDINHO ANIMAL
ARNALDO BRANCO

FRAGMENTAÇÃO DO MERCADO

60's — "NÓS SOMOS MAIS POPULARES QUE JESUS CRISTO"

80's — "NÓS SOMOS MAIS POPULARES QUE O DALAI LAMA"

00's — "NÓS SOMOS MAIS POPULARES QUE O PADRE MARCELO..."

MUNDINHO ANIMAL
ARNALDO BRANCO

PRODUTOR: O filme do Capitão Massacre será um comercial de duas horas e quarenta e dois minutos dos bonequinhos.

AUTOR: O Capitão Massacre é uma metáfora para a luta do sistema contra o livre arbítrio.

PÚBLICO: Viu o trailer do filme do Capitão Massacre? — Absurdo! Mudaram a cor da sunga dele!

MUNDINHO ANIMAL
ARNALDO BRANCO

FIQUE RICO GANHANDO 10 CENTAVOS CADA VEZ QUE...

UM CINEASTA FALA EM POLÍTICA DE MERCADO.

"UM SISTEMA DE COTAS E UMA CÂMERA NA MÃO."

...UM MÚSICO DIZ QUE O IMPORTANTE É A MÚSICA, CARA!

"ESSE DISCO É MAIS UM AO VIVO, MAS TEM UMA COVER INÉDITA."

"NÃO ESCREVE NADA NOVO HÁ 2 ANOS"

...UM ESCRITOR DIZ QUE SE SENTE ESTRANGEIRO ONDE QUER QUE ESTEJA.

"EVIDENTEMENTE VIAJA DEMAIS"

"SAUDADES DE N.Y."

MUNDINHO ANIMAL
ARNALDO BRANCO

FAMOSAS ÚLTIMAS PALAVRAS

a) 1889, ÚLTIMO BAILE DA ILHA FISCAL:

— A POPULAÇÃO AGORA QUER ESCOLHER QUEM VAI MANDAR NELA

— QUEM VAI SAIR DE CASA PARA VOTAR EM UM DOMINGO?

b) 1912, TITANIC:

— QUE DIABOS, ISSO SIM É VIAJAR!

c) 1999, NAPSTER:

— APOSTO CINCO MILHÕES QUE O NOVO DO U2 VENDE 10 MILHÕES

— COVARDÃO, SÓ APOSTA NA CERTA...

MUNDINHO ANIMAL
ARNALDO BRANCO
ESCAMBO, 2001
"VAMOS TROCAR LINKS?"
ARTESANATO, 2004
SOU UM FORNECEDOR DE CONTEÚDO
TEM CERTEZA QUE ISSO É LEGAL?
CAPITALISMO, 2009
O MELHOR NEGÓCIO DA INTERNET É COMPRAR UM BLOGUEIRO PELO QUE ELE ACEITA RECEBER E VENDER PELO QUE ELE DIZ QUE TEM DE ACESSOS...
BOSS

PRÓXIMA >>

MUNDINHO ANIMAL
ARNALDO BRANCO

— NOSSA BANDA TEM UM LEMA: SEXO, DROGAS E DINHEIRO!

— E O ROCK'N'ROLL?

— JORNALISTAS... SEMPRE QUERENDO NOS ROTULAR...

MUNDINHO ANIMAL
ARNALdO BRANCO
PAGANISMO! PAGANISMO!
ISSO! TENSÃO DIONISÍACA!
Ó DIONÍSIO! DEUS DO EXCESSO! NÓS O INVOCAMOS!
PAGA-NISMO!
AS ATROCIDADES QUE A HUMANIDADE COMETE EM MEU NOME!
É? NÃO ME DIGA...

PRÓXIMA >>

MUNDINHO ANIMAL
Arnaldo Branco

JORNALISMO BRASILEIRO

O tempo é relativo

— Por mim a bossa-nova fazia 50 anos todo dia!

— Mandou bloquear o Myspace

O futuro é o inimigo

— Se todo mundo seguir o nosso exemplo e continuar ignorando a internet, os blogs nunca irão substituir o jornalismo!

— Gênio

O corporativismo é uma regra de etiqueta.

— Como você pode falar mal do jornalismo? Eu sou jornalista!

— Eu também, mas ao contrário de você, me acho uma exceção.

MUNDINHO ANIMAL
ARNALDO BRANCO

FIM DAS GRAVADORAS

— Agora o público baixa músicas pela internet, senhor.
— Como assim? E as lindas capinhas com as letras por apenas R$ 40?

FIM DOS MÚSICOS

— Estou sem trocado agora. Você tem myspace?

FIM DA HUMANIDADE

— Mas não há mais música!
— Não interessa! É pra continuar cobrando!

ECAD

PRÓXIMA >>

MUNDINHO ANIMAL
ARNALDO BRANCO

TEATRO DA CRISE

1) 'ESPERANDO GODOT' COM FANTOCHES

— DEVEMOS PARTIR?
— SIM, VAMOS
(VLADIMIR / ESTRAGON)

2) 'OTELO' DE TEATRO DE SOMBRAS

— COMO DISSESTE, IAGO?
— NADA, MAJESTADE, MAS...

'SEIS PERSONAGENS EM BUSCA DE UM AUTOR' COMO MONÓLOGO

— O QUÊ VOCÊ DISSE?
— O QUÊ?
— REPETE!
— REPETE O QUÊ?

MUNDINHO ANIMAL
ARNALDO BRANCO

NÍVEIS DE RECONHECIMENTO
1) DRAMATURGO

— UUUUUUUUU!
— QUEM É AQUELE CARA VAIANDO NO PALCO?
— É O AUTOR, ELE ACHOU A PLATEIA INSATISFATÓRIA

2) ROTEIRISTA DE CINEMA

— O FILME NA VERDADE É MEU, O HECTOR BABENCO SÓ RECEBE OS PRÊMIOS

3) DE TELEVISÃO

— COMO ASSIM VOCÊ ESCREVE ESSE PROGRAMA? SEU NOME É "NÚCLEO GUEL ARRAES?"

COISAS QUE REPAREI QUANDO FUI BALCONISTA DE LOCADORA
1) FRASE MAIS OUVIDA:
QUERO ALGO LEVE, HOJE NÃO ESTOU A FIM DE PENSAR
2) OS PORTEIROS DA REGIÃO SÓ PEGAVAM FILME PORNÔ NACIONAL
NESSES OUTRO AS MININA SÓ FALAM EM ESTRANGEIRO!
FALAM?
3) SÓ EXISTIAM OS LANÇAMENTOS
QUE TAL UM CLÁSSICO? TEM ESSE, CASABLANCA...
AH, PRETO E BRANCO...

CÉREBRO DE TANQUINHO
O PROGRAMA DE EXERCÍCIO INTELECTUAL
TODO MUNDO RELENDO O SEGUNDO PARÁGRAFO! FORÇA NO CÓRTEX!
FLEXIONANDO A SOBRANCELHA! CARA DE CONTEÚDO!
NO PRÓXIMO PROGRAMA VAMOS LER GUERRA E PAZ PARA MALHAR O HIPOCAMPO. ATÉ LÁ!

EM UM TEXTO FAMOSO, PLATÃO ENUMEROU OS CIDADÃOS ÚTEIS PARA A CONSTITUIÇÃO DE UMA SOCIEDADE IDEAL E DETERMINOU QUE OS POETAS FOSSEM EXPULSOS DE SUA REPÚBLICA.

NOSSA, OLHA SÓ QUANTA GENTE NOS CRÉDITOS SÓ NA UNIDADE DA TAILÂNDIA

Ó MUSA! BAFEJA A NUCA DA MINHA INSPIRAÇÃO PASSIVA?

ESSA É UMA DAS VANTAGENS DO CINEMA NACIONAL EM RELAÇÃO ÀS SUPERPRODUÇÕES DE HOLLYWOOD

EU ME DARIA POR SATISFEITO SE ELES FOSSEM EXPULSOS DO BAR...

ELAS TÊM QUE BUSCAR MÃO DE OBRA BARATA NO ESTRANGEIRO

MUNDINHO ANIMAL
ARNALDO BRANCO

EM UM PASSADO RECENTE AS PESSOAS NÃO PODIAM DIZER ABERTAMENTE O QUE PENSAVAM DA ARTE MODERNA.

— TRATA-SE DE UMA ARTE DEGENERADA, NÃO ACHA?
— ER... ACHO QUE VOCÊ TEM RAZÃO

BERLIM, 1938

— COM CERTEZA É UM CAPRICHO DA BURGUESIA DECADENTE
— ER... ACHO QUE VOCÊ TEM RAZÃO

MOSCOU, 1947

HOJE EM DIA NÃO MUDOU NADA

— É UMA OBRA-PRIMA!
— ER... ACHO QUE VOCÊ TEM RAZÃO

MUNDINHO ANIMAL
ARNALdO BRANCO
QUAL A DIFERENÇA ENTRE O MOTORISTA DE TÁXI...
TAXI
TEM QUE MATAR ESSES POLÍTICOS!
... O BARBEIRO...
A SOLUÇÃO É DINAMITAR AS FAVELAS, É O JEITO!
... E O CANTOR DE MPB?
É PRECISO UMA REFORMA CONSTITUCIONAL BLA BLA BLA
R: PRO CANTOR DE MPB TEM SEMPRE UM IDIOTA QUE PERGUNTA SOBRE A SITUAÇÃO POLÍTICA

MUNDINHO ANIMAL

ARNALDO BRANCO

OS DOIS MODOS DO CRÍTICO MUSICAL

MUNDINHO ANIMAL
ARNALDO BRANCO

INFÂNCIA, AMIGOS IMAGINÁRIOS

— Você não fala mais com o "João"? Que bom!
— Estamos brigados, mãe. Ah, esse é o Marcelo.

MATURIDADE, PÚBLICO IMAGINÁRIO

— Onde posso fazer o lançamento do meu livro?
— Por que não juntar com o almoço de família? É mais prático.

LEITO DE MORTE, POSTERIDADE IMAGINÁRIA

— Deixo para você meus originais, querida. Tenho certeza que um dia...
— O gato vai agradecer pela papelada para forrar a caixa.

MUNDINHO ANIMAL
ARNALDO BRANCO
PESQUISA: O QUE A SENHORA ACHA DA PERSONAGEM SELMINHA DE CAMINHOS DA PAIXÃO?
ADÚLTERA TEM É QUE LEVAR PAU E PEDRA! TEM QUE DAR É MUITO SOCO NA CARA!
GENTE, É PRA DIMINUIR O SEXO E CARREGAR NA PORRADA.

<< ANTERIOR

MUNDINHO ANIMAL
ARNALDO BRANCO
MEDALHA DE BRAVURA.
MORREU PARA SALVAR SEUS COLEGAS...
OSCAR PÓSTUMO.
QUERIA AGRADECER EM NOME DELE...
MTV AWARDS.
QUERIA DEDICAR ESSE PRÊMIO A INDÚSTRIA FONOGRÁFICA, QUE NÃO ESTÁ MAIS ENTRE NÓS...

MUNDINHO ANIMAL
ARNALDO BRANCO

"É PRECISO VER ESSE FILME PELA ÓTICA DO MERCADO!"

TEC TEC

RUBEM FIALHO, CRÍTICO

"É SIMPLESMENTE MAIS UM FRUTO DO DEPARTAMENTO DE MARKETING DO QUE DE MENTES CRIATIVAS"

TEC TEC TEC

O JABÁ

"É PRECISO VER ESSE FILME!"
— RUBEM FIALHO

MUNDINHO ANIMAL
ARNALDO BRANCO
VEM NO ROLA-RÔLA VEM NO ROLA-RÔLA
NO ROLA-RÔLA DO MEU PIPI NO SEU BUBU, MORENA!
SE NÃO FOSSE A LINGUAGEM TATIBITATI TAMBÉM EXISTIRIA O AXÉ PROIBIDÃO
PIPI!
BUBU!

PRÓXIMA >>

MUNDINHO ANIMAL
ARNALDO BRANCO
A INTERNET ACABOU COM A NOSSA TIRAGEM!
PERDEMOS MILHARES DE ASSINANTES!
VAMOS TER QUE RENOVAR NOSSA CARA!
VAMOS CONTRATAR JOVENS INTERNAUTAS!
- O OBSOLETO -
MAIOR ENCHENTE EVER :(
NAÇÕES UNIDAS FAIL
MENGÃO FTW \o/
OBAMA EH OKRA

<< ANTERIOR

MUNDINHO ANIMAL
ARNALDO BRANCO

1971

Mais fortes são os poderes da macaxeira! Auuuuu!!!

2010

MINISTÉRIO DA JUSTIÇA
INDENIZAÇÕES

Eu fui torturado pelo cinema novo

MUNDINHO ANIMAL
ARNALDO BRANCO
ARTISTAS MIMADOS
1) TEATRO
SOU UMA ESTRELA
COM IDADE PARA SER SUPERNOVA
2) CINEMA
O DIRETOR QUER DIREITO DE RESPOSTA!
ELE QUER DISCUTIR A MINHA OPINIÃO COMIGO?
CRÍTICO
3) MÚSICA
ESTA É A LISTA DE EXIGÊNCIAS DO COLDPLAY
ELES SEQUESTRARAM ALGUÉM?

MUNDINHO ANIMAL
ARNALDO BRANCO

PROBLEMAS DO CINEMA NACIONAL

1) TEMÁTICA

a) ADAPTAR UMA IDEIA GRINGA PARA A REALIDADE BRASILEIRA

— O QUE FOI O NOSSO TITANIC?
— O BATEAU MOUCHE?

b) OBSESSÃO PELO FOLCLORE E/OU PELA QUESTÃO SOCIAL

— VAMOS FAZER UM FILME SOBRE O CAIPORA?
— QUAL É A FAIXA SALARIAL DELE?

c) AMBIÇÃO PESSOAL X AMBIÇÃO ARTÍSTICA

— MEU FILME CUSTOU 16 MILHÕES
— PUXA, NÃO PARECE! PARABÉNS!

PRÓXIMA >>

MUNDINHO ANIMAL

ARNALDO BRANCO

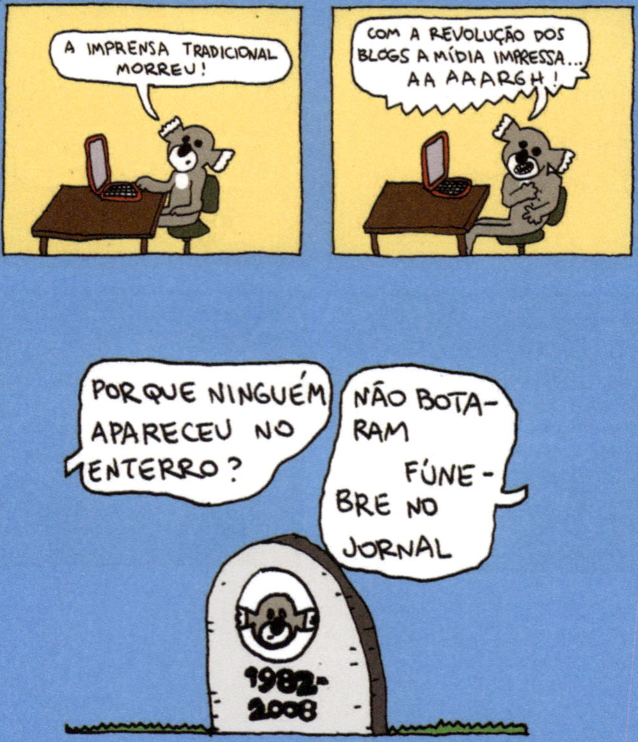

MUNDINHO ANIMAL
Arnaldo Branco

EVOLUÇÃO NATURAL DA ESPÉCIE

1. MODELO ▶ ATRIZ

— Esse filme se passa no outono-inverno ou na primavera-verão?

2. PUBLICITÁRIO ▶ CINEASTA

— Qual a diferença entre o cinema e a publicidade?
— Uma hora, cinquenta e nove minutos e trinta segundos.

3. ROQUEIRO ▶ PASTICHE

— Sexo, drogas e rock'n'roll!
— Gamão, viagra e acústico MTV...

COMPREI ESSE QUADRO CARÍSSIMO DO ELMO CARIACICA! TODA OBRA DELE É FEITA PARA CHOCAR!
OH, EU TAMBÉM TENHO UM DESSA SÉRIE "JESUS SODOMIZADO"!
PROCON?

19 ANOS.
INDEPENDÊNCIA CRIATIVA OU MORTE CEREBRAL!
29 ANOS.
NÃO COSTUMO FAZER CONCESSÕES. MAS COMO É PARA O BARRETÃO PRODUZIR...
39 ANOS.
APESAR DESSE FILME SER A CINEBIOGRAFIA DO LUCIANO HUCK, É UM PROJETO BASTANTE PESSOAL...

NO BAIXO, RICK FUCK! NA BATERIA, ARNIE X.! NA GUITARRA, RONNY RODENT
O MEU TEMA PARA A COLEÇÃO DE VERÃO É "IDADE MÉDIA"
E NA "VERBA DE DIVULGAÇÃO", ALMEIDINHA!!!
FINALMENTE O RECONHE...
ESSE É O MODELITO QUE GISELE VAI DESFILAR NO PRÓXIMA TRENDY FASHION MEGA HYPE FESTIVAL!
...CIMENTO?
ALMEIDA? ALMEIDA? ENTÃO A GENTE FECHA EM 20 MIL SE TOCAR 100 VEZES NA RÁDIO ESSE MÊS?
É MUITO DESCONFORTÁVEL...
NÃO AGUENTA MEIA HORINHA COM UM CINTO DE CASTIDADE, NÃO É, SUA VADIA RACHADA?!!

MUNDINHO ANIMAL
ARNALDO BRANCO
PROBLEMAS DO CINEMA NACIONAL
2) ESTRUTURA
a) LOCAÇÃO
SEU FILME SE PASSA NA LUA?
VAMOS FILMAR EM JERICOACOARA
b) SALAS DE EXIBIÇÃO
TÁ MAIS PARA QUARTO
HOJE: VARAPAUS DOS CONFINS
c) SALÁRIOS
VOCÊ ME DEVE 5 MIL REAIS PELO ROTEIRO!
ENTÃO.
MAS FUI EU QUE ESCREVI!

MUNDINHO ANIMAL
ARNALDO BRANCO
JORNALISMO
RESISTÊNCIA À PRATICIDADE
GOOGLA PRA MIM O NOME DO ÚLTIMO DISCO DO FAGNER?
VOU LÁ EMBAIXO PERGUNTAR PRO ZELADOR
AUSÊNCIA DE VIDA
VOCÊ VAI COBRIR A PARADA DE 7 DE SETEMBRO!
ESTAMOS EM SETEMBRO?
DE QUE ANO?
SENSIBILIDADE
A GENTE DÁ DESTAQUE PARA O DESASTRE DE TREM OU A DERROTA DO FLAMENGO?
QUAL DEIXOU MAIS VÍTIMAS?

VOCÊ MANDOU MATAR O GUITARRISTA DA MINHA BANDA?!
ESTÁ NO CONTRATO QUE VOCÊS ASSINARAM... "VENDAS MENORES QUE 80 MIL, UM INTEGRANTE MORTO"
MAS VOCÊ NÃO PODE FAZER ISSO!!!
QUEM DISSE?
OS DEZ MANDAMENTOS?!
NÃO ASSINEI ESSE...

VALEU GALERA! E AGORA... QUEBREM TUDO RAPAZES!!!
CRASH!
BAM!
APOIO
APOIO
APOIO
POU!
OK, AGORA ESSES CARAS ESTÃO FICANDO MASCARADOS

<< ANTERIOR

FILHA! O QUE VOCÊ ESTÁ FAZENDO AÍ DENTRO COM ESSE CARA?
TÔ ESTUDANDO, PAI!
FILHA! VOCÊ AINDA ESTÁ AÍ? O QUE VOCÊS ESTÃO FAZENDO?
FFTÔ FFTUDANDO, FFPAII...
ENTÃO, É ISSO! BOM TESTE DO SOFÁ AMANHÃ!
AÊ GATA, TATUEI O SEU NOME NO MEU PAU!
MAS MEU NOME É SÍLVIA!
CLARA
PÔ, MAL AÍ...
INSENSÍVEL!
BAM!
CLARA
ALÔ, CABEÇA? TU POR ACASO TEM UMA AMIGA CHAMADA CLARA PRA ME APRESENTAR?
CLARA

MUNDINHO ANIMAL
ARNALDO BRANCO

TELEVISÃO
1. NOVELA
DRAMATIZAÇÃO DA REALIDADE

— ISSO É UM ASSALTO!
— NUNCA MAIS VENHO AQUI NO NÚCLEO POBRE

2. TELEJORNAL
ESPETACULARIZAÇÃO DA NOTÍCIA

— ESTAMOS AQUI, AGUARDANDO O TSUNAMI...

3. REALITY SHOW
GLAMURIZAÇÃO DO BANAL

— FOI VOCÊ?
— O BRASIL É QUEM VAI JULGAR!

MUNDINHO ANIMAL
ARNALdO BRANCO
HUMOR
1) EGO
MEU ESTILO É BASEADO EM SEINFELD, MONTY PYTHON E WOODY ALLEN
ENGRAÇADO, OLHANDO NÃO PARECE...
2) ID
FÓÓÓ
O QUE A BUNDA DISSE PRA PRIVADA?
3) SUPEREGO
ISSO O PÚBLICO NÃO VAI ENTENDER... ISSO TAMBÉM NÃO... ISSO TAMBÉM NÃO ... NEM ISSO...

MUNDINHO ANIMAL
Arnaldo Branco

A PRODUÇÃO ESCOLHEU O JAIME JIM PARA O PAPEL PRINCIPAL!

OH NÃO! MAIS UM ATOR DO "MÉTODO"!

NO SET.

AÇÃO!

DETESTO RÓTULOS.

MUNDINHO ANIMAL
ARNALDO BRANCO

DECADÊNCIA INSTÂNTANEA

- OBJETIVIDADE

— VAMOS COMPRAR GUITARRAS?
— PRA QUÊ? VAMOS LOGO LANÇAR UM ACÚSTICO

- BAIXA EXPECTATIVA DE VIDA

— VAMOS FAZER UMA BANDA?
— EU TOCO GUITARRA!
— BAIXO!
— EU QUERO SER O PIVÔ DA SEPARAÇÃO!

- APOSENTADORIA PRECOCE

— FORAM OS MESES MAIS LOUCOS DA MINHA VIDA, CARA
— VELHOS DEMAIS PARA O ROCK'N'ROLL, JOVENS DEMAIS PARA MORRER!

TEM 21 ANOS

PRÓXIMA >>

PARA TOCAR O BLUES VOCÊ TEM QUE CONHECER A TRISTEZA E A SOLIDÃO, YOU KNOW?
I GOT TROUBLE IN MY MIND
AÍ MANO, PARA MANDAR O RAP TU TEM QUE TÁ LIGADO NO QUE ACONTECE NAS RUAS, TÁ LIGADO?
A QUEBRADA É SINISTRA PARCEIRO
PRA FAZER MPB VOCÊ TEM QUE SER CORNO, OK?
VOLTA PRA MIM...

EU TENHO 5 KIKITOS!
ESSA TAL KIKITA SERR COMO UMA OSCARR BRRASILEIRRA?
É ISSO AÍ!
NA REAL É MAIS UM TROFÉU FRAMBOESA,
SÓ A TIZUKA YAMASAKI TEM MAIS! A TIZUKA!!
AH...

AI, QUER SER CAPA DA PLAYBUÇA? VAI TER QUE ENCARAR O CONSELHO EDITORIAL AQUI
OOO
EI, QUEM TROUXE AS BOLINHAS TAILANDESAS DE ITU?
SE MORDER LEVA NA BOCA
KY
CHUP CHUP
CARA, ESSAS MINAS QUE POSAM PRA GENTE SÃO CADA VEZ MAIS DETONADAS
FAZ O SEU TRABALHO QUE A GENTE FAZ O NOSSO
PHOTOSHOP TURBO
ESSA É UMA LETRA ORIGINAL DO RENATO RUSSO, ELE FEZ QUANDO A GENTE NAMORAVA
"...QUERO QUE VOCÊ VENHA AMANHÃ E META ESSE MASTRUÇO GIGANTE EM MIM ATÉ O FUNDO"...
TEM CERTEZA QUE ISSO NÃO É UMA CARTA DELE PARA VOCÊ?
"MASTRUÇO" É UMA METÁFORA! QUANTO É A MINHA PARTE EM ROYALTIES?

AULAS DE UMA FACULDADE BRASILEIRA DE CINEMA, POR ORDEM DE POPULARIDADE
1) CAPTAÇÃO DE RECURSOS
REPITAM COMIGO: CONTRAPARTIDA
2) ROTEIRO E DIREÇÃO
1) UMA IDÉIA NA CABEÇA 2) UMA CÂMERA NA MÃO
PODE PULAR A PRIMEIRA PARTE?
3) PRESTAÇÃO DE CONTAS
ATENÇÃO PARA A CHAMADA...

JURASSIC ROCK
ANTIGAMENTE AS BANDAS TINHAM PRAZO DE VALIDADE
10 ANOS NA ESTRADA!
PARABÉNS, VOCÊS FORAM PROMOVIDOS A DINOSSAUROS
MAS AÍ AS GRAVADORAS QUEBRARAM
SOMOS UMA BANDA NOVA E...
VOLTEM AQUI QUANDO VOCÊS TIVEREM UMA BASE DE FÃS
E AQUELAS BANDAS JURÁSSICAS SÃO MAIS VIÁVEIS COMERCIAL-MENTE
NÓS FOMOS CITADOS NA NME E...
UMA REVISTA! ISSO É DO NOSSO TEMPO

MUNDINHO ANIMAL
ARNALDO BRANCO
LEI DE DESENCORAJAMENTO DA CULTURA
1) BOLSAS PARA EX-CINEASTAS
...E A GENTE CHAMAVA AQUILO DE "RETOMADA"!
HA HA HA AQUELES ERAM OS DIAS
2) PENSÕES PARA QUEM DESISTIR DE ESCREVER
MAS FOI SÓ UM POEMA!
LAMENTO, VOCÊ VAI TER SEU BENEFÍCIO SUSPENSO
3) VERBA PARA MÚSICOS ARREPENDIDOS
EU FAZIA NOVA MPB ...
SHOW
GRAÇAS A DEUS POR ESSES PROGRAMAS DE RECUPERAÇÃO

AÊ, O EDITOR TE PEDIU UMA RESENHA DA PEÇA DAQUELA MINA QUE ELE ESTÁ NAMORANDO!
PUTA MERDA, E AGORA? BEM O LANCE É APELAR PARA A IRONIA
"UM ELOGIO QUE SE PODE FAZER À ATRIZ É QUE ELA NUNCA SE DEIXA INTIMIDAR POR SUAS LIMITAÇÕES..."
JÁ FUI RATO DO COCADA BOA
AÊ, O CHEFÃO MANDOU DIZER QUE ADOROU O LANCE DE "NÃO SE INTIMIDAR PELAS LIMITAÇÕES" E TAL...
DIZ PRO CARA QUE ELE TAMBÉM PODE SE CONSIDERAR ELOGIADO...
CARALHO! DERAM CAPA PRAQUELE BLOCKBUSTER DE AÇÃO IDIOTA "DESTRUIÇÃO EXPLOSIVA!"
VEJA
ASSISTA!
GLAUBER
BYE BYE BRAZIL
QUE PUTARIA, HOLLYWOOD TEM GRANA PRA COMPRAR MATÉRIA ELOGIOSA NA MAIOR REVISTA DO PAÍS
INJUSTIÇA COM O CINEMA NACIONAL...
MINC
VEJA
...A NOSSA VERBA SÓ DÁ PRA COMPRAR CONDESCENDÊNCIA...
PG. 84: "...ATÉ QUE TEM SEU CHARME PRA FILME BRASILEIRO TÁ MUITO BOM.

LANÇAMEN
VIDEO
TENHO UM MÉTODO PARA ESCOLHER FILME CHAMADO "DEIXE SEUS PRECONCEITOS CORREREM LIVREMENTE"
NÃO PEGO FILME QUE TENHA CRIANÇA, O PERSONAGEM PRINCIPAL NÃO PODE TER DOENÇA DEGENERATIVA DO CÉREBRO, NÃO PEGO FILME EVIDENTEMENTE FEITO PARA O PÚBLICO FEMININO, NEM FILME QUE A VEJA ELOGIA, NADA COM O TOM HANKS (A NÃO SER "A ÚLTIMA FESTA DE SOLTEIRO"), NEM ...
POR CURIOSIDADE: QUANDO FOI A ÚLTIMA VEZ QUE VOCÊ ALUGOU ALGUMA COISA?
VOCÊ AINDA NÃO TRABALHAVA AQUI...
MEU NAMORADO TEM UNS HÁBITOS NOJENTOS!
HOMEM É FODA!
E O MEU?
O MEU É COPRÓFAGO...
OQUÊÊÊ??!
...E VOCÊS ACREDITAM QUE ELE NÃO ESCOVA OS DENTES DEPOIS!?

MUNDINHO ANIMAL
ARNALDO BRANCO

BRASIL, PAÍS DO...
a) FUTEBOL-ARTE

— O FELIPE MELO CUSTA 25 MILHÕES!
— ISSO AÍ ATÉ O MEU FILHO FAZ!

b) MÚSICA-FORÇA

— EMO-NEJO?
— O NEGÓCIO É IR EMPURRANDO!

RICKY

c) CINEMA DE RESULTADOS

CHICOXAVIER 3: A RE-REENCARNAÇÃO

— ALGUMA RELIGIÃO INEXPLORADA?
— CIENTOLOGIA?

BILHETERIA

MUNDINHO ANIMAL
ARNALDO BRANCO
MÚSICO-DEPENDÊNCIA
DEPENDÊNCIA PSICOLÓGICA
NA NOITE PASSADA O DJ SALVOU A MINHA VIDA!
QUANTA RESPONSA-BILIDADE PARA UM CA-RA QUE ESCOLHE MÚSICAS
DEPENDÊNCIA FÍSICA
VOCÊ TEM O DISCO EM MP3, CASSETE, CD E VINIL?
PRECISO SENTIR QUE EU POSSUO A MÚSICA!
DEPENDÊNCIA TERMINAL
VOCÊ ESTÁ DEMITIDO!
ELE NÃO PODE OUVI-LO, SENHOR

BEM VINDOS AO BATALHA DE EGOS! HOJE, CINEASTAS X MÚSICOS!
MÚSICOS
CINEASTAS
OS CINEASTAS MANDARAM DIZER QUE SÃO BONS DEMAIS PARA ESSE PROGRAMA ESTÚPIDO!
MÚSICOS
CINEASTAS
ENTÃO ATÉ A SEMANA QUE VEM COM CINEASTAS X DRAMATURGOS!
MÚSICOS
CINEASTAS
AÊ, DEI E. PRAQUELA MINA ALI! É A DROGA DO AMOR! ELAS FICAM LOUQUINHAS!
VAMOS PARA O SEU APARTAMENTO?
NÃO FALEI?
COMO ASSIM PACTO DE MORTE?!
OH, MEU AMOR...

"Ácido, impiedoso". "Crítico feroz do dirigismo cultural". "Um soco no estômago da cultura fast-food". Zzzzz.

Cuidado! Qualquer clichê desse tipo com que se tente qualificar o trabalho de Arnaldo Branco poderá ser usado contra você em uma tirinha do Mundinho Animal.

Jornalista, blogueiro, roteirista e, por que não?, desenhista, Arnaldo conhece bem o discurso e os cacoetes da fauna que critica em suas tiras.

À prova de qualquer ufanismo idiota, descasca sem dó as precariedades do cinema nacional, do teatro e da música (im)popular brasileira, sem deixar de lado as novíssimas espécies de *twitteiros*, emos, *personal stylists* e *cool hunters*.

É difícil não rir ou se reconher nas tirinhas do Mundinho Animal.

Seus ursinhos marombados, coelhinhos ensandecidos e cachorros vira-latas — sempre porcamente desenhados — são na realidade só um espelho do ridículo que existe em todos nós... descolados?

Diego Assis

2) OBRIGAÇÃO DE TOCAR

...RAVADORAS

É UMA FINA LINHA ENTRE A PICARETAGEM ACEITÁVEL E A APELAÇÃO TOTAL, SENHOR

...A DEPOIS.

ELES NÃO ENTEN- DERAM, JARBAS.

ARNALDO BRANCO

TCHAC! TCHAC! TCHAC!

MUNDINHO ANIMAL

ANIMAL

ARNALDO BRANCO

...MA SEMANA DEPOIS.

— ELES NÃO ENTENDERAM, JARBAS

TRAVO! PEGOU MAL EXPOSIÇÃO NADA A VER

— É UMA FINA LINHA ENTRE A PICARETAGEM ACEITÁVEL E A APELAÇÃO TOTAL, SENHOR

É JORNALISTA, CARTUNISTA E FLAMENGUISTA.

Faz seus garranchos desde criança, mas só em 1997 começou a publicá-los no seu blog, mauhumor. Foi criador do Capitão Presença, o legendário herói da cannabis, que se tornou sucesso entre os desenhistas brasileiros, e acabou conquistando milhares de leitores.

Também criou personagens como Joe Pimp, os Remédios do Mal e Zero Treze. Já publicou na revista *F.*, *Sexy*, *Bizz*, *Tarja Preta*. Hoje publica no *G1*, no jornal *O Globo*, e na *Zé Pereira*

Este livro foi impresso em agosto de 2010, capa em papel triplex 250g e miolo em off-set 90g, e causou caimbras na barriga dos funcionários da Gráfica Santa Marta, em João Pessoa - PB.
www.leya.com.br
www.editorabarbanegra.com.br